KB116652

바람구멍

한국의 단시조
029

바람구멍

이한성 시집

책만드는집

49년간 곡기 뽑아 복기하듯 글만 썼더니

이마엔
흰 주름살만 깊게 뿌리 내렸네.

- 2020년 12월
이한성

| 차례 |

2부   사고 싶은 눈

3부   숫감나무

4부　　푸른 곳간

5부   하늘 정원

1부

쉬운 포기

시집을 찾습니다

제 나이도 제대로 기억 못 한 시집들이

득량만* 칠게처럼 엎어지고 뒤집어져

계림동** 헌책방에서 졸고 있다, 꾸벅꾸벅

* 전남 고흥반도 북서쪽에 있는 만灣.
** 광주광역시 동구에 있는 동. 이곳에 헌책방들이 많이 있었다.

잃어버린 이름

오랜 세월
그냥
슬기 엄마로 살았다.

어쩌다 병원에서
이름을 부를 때면

빨갛게
얼굴 붉히는
아내는 소녀였다.

산은 어머니다

산은 어디에 있어도
어머니가 되었다.

높이 있거나 낮아도
마음 마구 뒤흔드는

지는 해
바라만 봐도
그냥 눈물 나듯

횡단보도

노인의 발걸음이 더딘 것은 아니다.

푸른빛 신호등이
깜박이다 바뀌기
전

바쁨이
흰 지팡이를
밀어내기 때문이다.

동창 모임

"회원님들,
오늘은 현품 대조일입니다."

불알친구
안부마냥
반갑게
비 내리는 소리

카톡에
찍혀 온 문자,

행간 속 번진 웃음

쉬운 포기

제법, 주름이 이마에 뿌리를 내리고 있다.

저 살자고 하는 짓을 어찌 밀어낼 수 있으랴.

때로는 쉬운 포기가

위안처럼 따숩더라.

가을을 타다

귀뚜라미 피울음이
엘리베이터 다 적신다.

누군가를 따라오다
분명, 추락했으리라.

유난히
가을을 탄 나는,
이명耳鳴을 앓는 중

늦은 후회

행함보다 깨달음은
언제나 한발 늦다.

부모가
떠난 뒤
못다 한
효를 알듯

이렇듯
우리의 삶은
후회의 연속이다.

벽시계 분침처럼

군내 대신 은근한 박하 향을 품고 싶다.

돈 찍는 기계처럼 살아온 그 세월을

가만히 돌리고 싶다, 벽시계 분침처럼

그냥 걷기

덜 익은 가슴 같은
민둥산을 오른다.

앙칼진 가시 뼈를
엎드린 채
꿍치던,

땅찔레
잘록한 길목

가랑이를 잡는다.

바람구멍

엿치기하듯, 바람을 잡고
한 자락 확! 분질렀다.

구멍이 연뿌리처럼 숭숭 뚫려 있었다.

그 속을 바라본 세상
환한 봄날이었다.

목욕탕 풍경

자신을 가두는 목간통 옆 쑥돌 위에

제사상 제물로 올린
흰 양머리 두엇

새끼를 업은 두꺼비
토해 내는 물맛 같은

그 짓을 훔치다

과수댁 백매白梅의 적나라한 정사를 본다.

달무리 감싼 어둠 풀어지는 새벽녘

이슬이
젖어 흐르는
홍싯빛 꽃잎, 꽃잎

눈이 없다

어둠은 눈이 없다.
그래서 부딪힌다.

우거진 그늘 속에
길을 내던 바람도

온몸이 성한 데가 없다.
퍼런 피 범벅이다.

먹다

사과도 배도 아닌 것을 따 먹었단다.
사랑도 없으면서 모두 다 퍼 주고 와서

미친놈 또 뻘짓했군.
혀를 끌끌 찬다.

2부

사고 싶은 눈

2등 인생

– 앞에 가는 놈 도둑놈, 뒤에 가는 놈 경찰

한 번도 앞장을 서서
달려 보지 못했지.

언제나
뒤에서만
쫓아가는
2등 인생

가을날
흰 햇볕처럼
바싹바싹 마르는

간 큰 도둑에게

눈 속의 눈동자로 제 눈을 보지 못한다.
보이는 것은 보이지 않는 그림자일 뿐
가슴속 감춘 마음을 훔치는 건 어렵다.

늙음에 대하여

세월이 간 게 아니다.
내가 그냥 간 것이다.

다리 힘 없는 것은
너무 부린 탓이지.

두 눈은
보지 않을 것을
너무 많이 봐 흐리고

마지막 인사

바람이
하늘을 건너는 밤
그는 죽었다.

죽은 자
입 벌리고
노잣돈
몇 닢 물린

마지막
산 자의 인사,

무겁게 내린
고요

산 자가 더 무섭다

몸에 꼭 맞는 집을
하나씩 지고 누운

망월동 시립 묘지
그곳에 접어들면

깊은 밤
죽은 자보다
산 자가 더 무섭다.

번지점프

이미
발은
뒷
걸
음
질,

말은
오직
비명
뿐

난간을 잡은 손이
도돌이표 되었구나.

예정된

추락을 한다,

눈 딱 감고
한 번만

그 개그우먼

세상을 사는 일이
멀미 나고 어지럽지.

억지웃음 강요하는
처절한 저 몸부림

배꼽을
뒤집어 놓을
말 뿌리가 삭았다.

대장간 정 씨

망치로 달구어진 뻘건 쇠를 내리치다가
입이 큰 집게 집어 물구덩이에 처박는다.

한순간,
파전 부치는
소리
피시, 피시지…

사고 싶은 눈

구두를 보지 않고 어깨 축 선만 봐도

구두 굽 닳은 정도 꿰뚫어 보고 있는

수선공 김씨 아저씨 혜안慧眼을 사고 싶다.

5초, 광고

아싹거리는 소리 한 점
빈 입에 침을 담다.

어젯밤 티브이 속에 노란 파카 걸치고

아득한 북극의 설원,
흰곰처럼 걷던 사내

아름다운 동행

따악, 딱 찍는 소리
눈이 환히 열려 온다.

느린 만큼 많이 보는
요철의 굽은 길을

잡아 준
흰 지팡이가
눈이 되어 움직이는

연애의 맛

사랑을 한다는 건 쉬운 일이 아니다.

밀당이야 적당히 늘인 고무줄 같지만

헤어져 돌아설 때는 쑥물보다 더 쓰지.

전설에 관하여

전설이
활자화되면
생명을 잃습니다.

입에서 입으로
이야기로 풀어질 때

무성한
소문만큼이나
생명 얻어 삽니다.

그 여자

보여 줘도 눈을 감고
들려줘도 귀를 닫는

그대의 무지와
오만과 불통으로,

스스로
누에처럼 몸을
범털동*에 가둔
여자

* 죄수 중에서 사회적 지위가 높은 정치인이나 재벌 등을 수용한 교
도소 내 수감동을 부르는 말.

수박등* 풍경

집들이 왜 다닥다닥 붙어 있는지 아는가.

서로 떨어져 있으면

불안하기 때문이다.

층층이 타던 연탄도 떼어 놓으면 꺼지듯

* 광주광역시 남구 월산동에 있는 고개 이름.

씨는 못 속인다

죄 없이
온탕에서
참회하는
이른 아침

덜 여문
고추를 달고
아비 뒤를
따르는 아이

아비의
실한 고추와
모양새가 닮았다.

3부
숫감나무

자작나무 숲

자작나무 숲에서는 허튼짓하지 마라.

나무마다 박힌 눈이 너를 증언하리라.

바위도
염불을 한다,
동안거에 든
흰 산

숫감나무

흐드러지게 핀 꽃들을 약속하듯 털어 내고

별보다 더 아름다운 꽃받침만 남기나니…

숫내만

풍긴 감나무,

삽신 한 번 한 적 없는

송담*

너 죽고 나 살자는
칡넝쿨 같은 심보로

조선 곰솔 칭칭 감고
허공 위로 오르는

담쟁이
위험한 도박,

푸른 잎이 핏빛이다.

* 소나무의 송진을 빨아 먹고 자라는 담쟁이를 말한다. 당뇨 개선,
심신 안정, 항암, 혈관 건강, 노화 방지, 통증 완화 등의 효능이 있다.

독활獨活*

온몸으로
밀어내는
가시에 움이 튼다.

산허리 길을 내는
두더지 같은
저 근성

사람도
가시 하나쯤
가슴에 묻고 살지.

* 두릅나뭇과의 다년생초본으로 뿌리는 두통, 전신통, 신경통, 관절
염, 피부염 및 외상지통, 요통에 효과가 있으며, 어린잎은 식용으로
사용한다.

무엽란 無葉蘭

때도 아닌 9월에 난꽃이 피어 있다.

겉옷도 입지 않고 다소곳이 고개 숙인

맨살로 향을 품는다,

휘청이는 산허리

연잎

후드득 듣는
빗방울
몸을 썩혀 뒹굴자.

깜짝 놀란 청개구리
눈 가리고
펄쩍 뛰고

민망한
연두색 속잎,

또르르 말린다.

텃밭

　지문 없는 손끝으로 뿌려 놓은 씨앗들이 웃자란 잡초 사이 쌍떡잎을 펴고 있다.
　여름날 눈물로 보는 어머니의 마른 땅

초가지붕 이기

　삼간초가 처마 밑에 세 들어 산 굼벵이가 흙냄새
구수함을 짚단 속에 숨겨 두고 공처럼 굴렀습니다,
새 옷 갈아입은 날

옹기그릇

투박해도 한없이 순박한 그 손끝으로

흙과 물과 불로 빚은 자연의 성채星彩여라.

저 혼자 스스로 숨 쉬는 생명체다, 살아 있는

맷돌

평생토록
갈린 몸이
명경처럼 휜하다.

되새김질하던 황소
입가의 거품처럼

흐르던
콩물의 흔적,

젖물처럼 보얗다.

떡살

오목파기 문양들이 꽃으로 피어난다.

마른 몸 기름 발라

낙관 찍듯 누르면

단옷날

수리취절편,*

선명한 저 수레바퀴

* 흰떡을 넓적하고 네모나게 잘라 떡살로 동그라미나 마름모형의 문
양을 찍어 만든 떡. 제주도에서는 반달떡, 강원도에서는 절떡, 함경
도에서는 달떡이라고 부르기도 한다.

숫돌

언제나 아낌없이
제 한 몸 내주는 돌

어린아이 달래듯 어르고 매만지면

언제나
무딘 쇠붙이도
퍼렇게 날 세우는

마음 비우기

눈으로 보지 말고 가슴으로 보아라.

허욕이 눈을 가려
잡석雜石만 보이느니

마음을 다아 비우면
돌도 마냥 꽃이다.

탐석 1
− 문양석*

되돌릴 수 없는 시간의 강을 건너

삼각주
가장자리
물때 끼어 웅크린

물총새 한 마리 잡아 맹물 흠씬 먹인다.

* 여러 가지 무늬가 박힌 수석.

탐석 2
– 평원석*

날마다 거울 대신 주름살을 깎아 내며

여울목 맑은 물에 스스로 몸 다듬는

호피석** 먼 수평선이 쌍봉을 품고 있다.

* 평평한 들판이 축소된 듯한 모습을 갖춘 산수경석.
** 호랑이의 가죽 무늬가 박힌 수석.

각刻* 한 점
─ 새와 사슴

빈 허공을
가르는
익명의
새이거나

관冠을 이고
어둠 속
먼 길을 가는

꽃사슴
흰 발걸음이
만월까지 닿거나

* 나무 판재에 글이나 그림을 새긴 것. 이것에 먹을 발라 화선지에
찍어 내어 책으로 공급한 세계 최초의 민족이 우리 민족이다.

4부

푸른 곳간

봄날 교정

팝콘처럼 오지게
햇살
톡
톡
터지는 날

쥐밤같이
통
통
튀다
또르르 굴러가는

송두리 저 가시나이
머리채
쪽물이 든

그림자

중천에 해가 걸려 있을 때 몸을 구겨요.

아침이나 저녁 무렵
키를 한껏 세우지만

한여름
시험한 인내,

한낮은 더 싫어요.

다이소

다 있어 늘 미소가
저절로 피는 곳

두 눈을 훔쳐 가는
순이네 만물상회

행복도
덤으로 업혀 준

천 원짜리 하우스

푸른 곳간

조물주가
쟁여 놓은
푸른 바다 곳간에서

내 것인 양
드나들며
주린 배를
채우는

사람도
들쥐 같구나,
남의 것을
훔치는

퉁산이*를 맞다

외지 사람인 듯싶은
한 노인이 물었다.

"느그들 어서 사냐."
"우리 어서** 산디요."

"에끼 놈",
퉁산이를 맞았다,

흉내 낸 게 아닌데

* '핀잔, 꾸지람'이라는 뜻의 토박이말.
** 필자의 고향 마을 '어서리'.

지산동* 하늘

70년대 지산동엔
개백정이 살았다.

나무에 목매단 채
마지막 허공 타던

누렁이
아픈 발자국,

홍매화 찍힌 하늘

* 광주광역시 동구에 있는 동.

옥연지*

사각 틀 포토 존에 못 박혀 서 있다가
나무다리 건너면
백 세까지 산다는
백세교
훌훌 단신 건넌다,
물길인 듯
꽃길인 듯

* 대구광역시 달성군 옥포읍 기세리에 있는 저수지.

숨

처음 **배**로 쉬던 숨을 **가슴**으로 쉬다가,

산수傘壽의 초입 길에 들썩이는 **어깨**로 쉬고

이승을 떠나는 날은 **목**으로 쉬다 가지.

진우도*

속없는 아재들이 서바이벌 게임 한다.

도둑게도 깜짝 놀라
두 발 들고 도망가는

섬마을
때아닌 소동,

뻘물 가득 쓰고 있다.

* 부산광역시 강서구 신호동에 있는 섬.

왜낫*

왜놈처럼
대가리가
가벼워
헐떡대다가

적을 보면
제 주인
손등만
물어뜯고

시침 탁!
떼고 앉아서
가쁜 숨만
몰아쉬는

* 일제강점기에 일본에서 들여와 공장에서 대량생산 된 낫으로 날이
짧고 얇으며, 자루가 길고 조선낫에 비해 가볍다.

장사의 비법

사람처럼 약은 것이
세상에 또 있을까.

바닥까지 훤히 비친
나주곰탕 맑은 국물

서너 점
더 얹은 양지

사람들을 낚는다.

밥시詩

매캐한 기름밥이
기름진 밥이 되기까지

지문을 지우고
또 피우기를
수십 번

등 굽은
라면의 사리,

우동발이 되었네.

웃음의 미학

요즈음 사람들은
참 웃음에 인색하다.

마음의 여유가
그만큼 없기 때문일까.

꼭지가
빙그르 돌면
그때서야 웃는다.

바지락 해감

물이 간에 안 맞나 혀를 빼고 헐떡인다.

가끔씩 수면 위로 공기 방울 쏘아 올린

잔잔한 플라스틱 통 속

수상한 파문 흔적

매생이 채취

종일토록 칼바람에
몸을 맡겨 사는 삶이

앙상한
뼈로 남아
겨울 끝을 잡는다.

삐딱한
목선 한 척을
팍!
후리는
파도 덩이

5부

하늘 정원

제주 바다에는 휘파람새가 산다

간밤에
눈이 빚은
접시
하나 떠 있다.

한라산
접힌 허리
동굴처럼
펑 뚫린

용머리
퍼런 바다 속
휘파람새가 산다.

붉은 알
- 김장하기

산짐승이 황토 흙에 아픈 상처 문지르듯

알몸에 소를 박고 맞비빈 고무 손이

숨 쉬는 항아리 가득,

붉은 알을 낳고 있다.

자리 만들기

무엇을 만든다는 건
자리를 내주는 것

선심 쓰듯, 편백나무 굽은 허리 내어 주고

빈 마당
흰 그림자를
가로질러 앉히는

입동, 대부도

물과 땅이 언다는 입동
대부도에 갔다.

검은머리물떼새와 비상하는
흰뺨검둥오리

환승과 영접은 없어도
분주했다, 대합실같이

보리밭 매는 여인

푸르름 파랑 치는 청산도 보리밭에서

희망을 따다 담는 국 화백*을 보았다.

흰 수건 머리에 두른 아낙들의 틈 사이

* 국중효 화백.

봄, 탐진강*

귓불 치고 달아나던 그 매운바람 끝도

긴 겨울 물때 씻고 다소곳 참회하며

탐진강 놓인 징검돌이

연등처럼 핍니다.

* 전남 장흥·강진을 흘러 남해로 흘러드는 강. 전남 3대 강 중 하나.

늦봄

뻐꾸기를 불러 놓고 솔 작다 울게 했다.

울음도 늦게 푼 깊은 산속으로

발목이 접힌 시간을 절뚝이며 끌고 갔다.

하늘 정원

사람의 욕망은 어디까지인가 몰라.

발등에 흙을 얹고
죽지 못해 살아가는,

나무는
몸을 뒤틀며
햇빛 속으로 숨는다.

꽃

세상의 꽃은
모두 눈으로 보는데요

환하게 귀로 듣는
웃음꽃도 있어요.

한겨울 고뿔 속에서
열꽃은 피다 지고

박주가리꽃*

쉿! 조용히 해,
아직 아이들 깨울 때 아냐.

깊은 잠
자고 난 뒤
긴 여행 보내야 해.

하얀 털
깃을 세우며
지구 끝, 저 멀리

* 덩굴성 여러해살이풀로 꽃은 7~8월 피고 열매는 작은 표주박 모양 같다. 열매가 익으면 속의 씨에 명주실 같은 것이 있는데, 이것을 터트리면 하늘로 날아올라 무척 환상적이다.

등꽃, 종소리

한여름도
저승이듯
감아 버린
저 등나무

지난봄 기억들을
불러내는 미륵이다.

알알이
환생하는 꽃,

연보랏빛
종소리

화첩 속의 꽃

간절한
손끝에만
늘 피었다 지는
꽃

화선지
보얀 속살
불러들인
나비 한 쌍

갇힘과 두려움 사이
접은 날개 펴고 있는

동백 분재

수형을 잡겠노라
감아 놓은 철삿줄을

팔 벌려 껴안았다,
제 살붙이인 양

나무는
한 몸 되기를
서두르는 것이다.

갈대

볏단 터는 탈곡기 소릴 내는 흰 바람과 물뭍에 발
을 묻고 허우적이는 갈대는,

아래로 흐르는 물에 나이테를 키운다.

억새의 말

바람이 불면 그냥 흔들리는 것이다.

흔들리다 처음처럼 다시 몸을 세우면

허공에 긋던 빗금도 파르르 떨다 지고

시골길

술통이 튀고 있다.
자전거가 위태롭다.

다 익은 나락논에 머리통 들쑥날쑥

분명히 취해 있으리라,
몸을 뒤튼 자갈길

서정의 순간을 드러내는
뚜렷한 정형의 범례

유성호 문학평론가·한양대학교 국문과 교수

1. 함축과 절제를 핵심 본령으로 삼는 '단시조' 미학

이한성 시인의 단시조집 『바람구멍』은 함축적 언어의 결정結晶 속에 다양한 삶의 장면과 순간을 담아낸 서정의 축도縮圖이다. 전남 장흥 출생의 이한성 시인은 그 미학적 기저에 살가운 호남 방언과 탐진강 풍경의 경험을 복원하고 또 형상화한다. 얼마 안 있으면 시력詩歷 반세기가 되는 시조시단의 중진으로서 그의 정형 미학이 가지는 위상은 퍽 크고 각별하다. 이번에 시인은 '단시조'라는 정형 미학의 가장 순도 높은 양식을 잔잔한 실감의 기록으로 묶었다. 우리는 그 상상적 기록을 따라가면서 오랜 시간이 운행해 간 흔적들이 저마다 선명한 개별성을 지니며 살아있는 것을 목도하게 되고, 나아가 시간의 깊이를 드러내는 이한성 시인만의 서정의 원리를 환하게 발견할 수 있을 것이다.

아닌 게 아니라 함축과 절제를 핵심 본령으로 삼는 '단시조'야말로 서정의 원형을 담아낼 수 있는 가장 맞춤한 그릇일 것이다. 시인은 자신의 삶을 이루어왔던 숱한 시간의 문양을 충실하게 재현하면서 그 안에 순간적이고 통일적인 인상을 구성해 내는 양식으로 단시조를 취택한 것이다. 그렇게 완성된 '충만한 현재형'의 양식을 통해 이한성 시인은 삶의 순간적 충만함에 이르고자 하는 미학적 열망을 낱낱이 보여준다. 그야말로 난해성과 장광설로 가득한 우리 시대를 역주행하면서, 삶과 사물을 바라보는 투명한 시선을 통해 간결하고 산뜻한 서정의 순간을 드러내는 뚜렷한 정형의 범례範例가 되고 있는 것이다. 이제 그 세계 속으로 한 걸음씩 들어가 보도록 하자.

2. 삶의 깊이를 상상하는 아득한 지층으로서의 시간

잘 알려져 있듯이 '시간'이란 흘러가는 형상으로 경험
되고 기억되게 마련이다. 우리는 시간을 현실 상황이 아
닌 이미지, 곧 흘러간 다음의 사후적事後的 흔적을 통해 경
험하고 기억할 뿐이다. 그래서 시간은 저마다 다른 경험
과 기억을 통해 재구성되며 그것을 경험하고 기억하는
방식도 서로 달라서 우리는 시인 각자의 경험과 기억의
방식에 따라 시인의 성정性情과 지향을 동시에 발견할 수
있게 된다. 이한성 시인은 시간의 흐름 속에서 사물과 내
면을 절묘하게 결속하는 방향을 일관되게 취하고 있고,
나아가 사물이나 내면에서 발원한 사유와 감각을 삶의
보편적 비의秘義로 옮겨 가는 상상력을 줄곧 발화하고 있
다. 그는 이러한 방법을 통해 슬픔의 기원origin이랄까 삶
의 실존적 한계랄까 하는 것을 지속적으로 노래한다. 다
음 작품들을 먼저 만나보자.

제 나이도 제대로 기억 못 한 시집들이

득량만 칠게처럼 엎어지고 뒤집어져

계림동 헌책방에서 졸고 있다, 꾸벅꾸벅
　－「시집을 찾습니다」 전문

행함보다 깨달음은
언제나 한발 늦다.

부모가
떠난 뒤
못다 한
효를 알듯

이렇듯
우리의 삶은
후회의 연속이다.
　－「늦은 후회」 전문

앞의 작품에서는 광주 계림동 헌책방의 '시집'들을 "득
량만 칠게"에 비유하고 있다. 헌책방 시집들은 하나같이
"제 나이도 제대로 기억 못 한" 채 엎어지고 뒤집어져 있

다. 이때 '헌책방'의 '헌'은, 시간이 꾸벅꾸벅 졸고 있는 듯한 독특한 양감量感과 함께, '시집'이라는 실물이 사실은 '헌'의 축적에서 독자적인 가치를 발하는 것임을 암시한다. 시인이 시집을 찾는다고 했을 때 그것은 '시집詩集'이기도 하겠지만 '시집時集'이기도 했을 것이다. 그런가 하면 뒤의 작품은 삶이라는 것이 언제나 '늦은 후회'로 찾아온다는 인생론적 고백을 담고 있다. 역시 '시간'이라는 실존적 조건에 대한 근원적 성찰을 수행하고 있는 시편이다. 언제나 깨달음은 행함보다 한발 늦게 온다. 부모님이 떠나셔야 비로소 "못다 한/ 효"를 알게 되듯이 말이다. "삶은/ 후회의 연속"이라는 이러한 깨달음은 따라서 선택적 명제가 아니라 불가피한 인간 보편의 명제가 되어준다. 그렇게 우리는 "발목이 접힌 시간을 절뚝이며 끌고"(「늦봄」) 가면서 "되돌릴 수 없는 시간의 강을 건너"(「탐석 1 - 문양석」)가고 있지 않은가. 이한성 단시조의 그러한 시간 의식이 깊고 융융하기만 하다.

원래 '시간'이란 누구에게나 공정하게 주어진 객관적이고 물리적인 것으로 여겨지기 쉽지만, 사실 그것은 저마다의 상이한 체험과 기억에서 지속되는 흐름으로만 경험되는 주관적 실체다. 따라서 모든 사람은 자신만의 시간을 가지며, 그것은 주체가 처한 상황에 따라 끊임없이 현재화된다. 이한성 시인에게 '시간'은 기억 속에 수많은 흔적을 새겨가는 파문과도 같으며, 과거를 미화하거나 미래를 앞당기는 것이 아니라 삶의 깊이를 상상하게끔 하는 아득한 지층地層으로 다가온다. 그만큼 이한성 시인은 자신이 처한 현재 조건에 몸을 입히는 형식으로 시간을 형상화함으로써, 개인적 기억으로서의 나르시스적 퇴행을 넘어 보편적 인생에 대한 형상화로 나아가고 있다. 그 가장 처연한 현재형이 한편으로는 '시집'으로, 한편으로는 '늦은 후회'로 나타나게 된 것이다.

3. 따뜻한 이름과 기억의 헌사

이번에는 시인이 호출하고 복원해 가는 가족의 이름에 관한 시편들이다. 이한성의 단시조는 속 깊은 마음을 통해 전해지는 회감回感의 세계를 노래한 결실들이다. 이러한 기율을 남김없이 충족하는 속성을 지닌 그의 단시조는 그 점에서 글썽이는 시선으로 세상을 투시하고 거기에 자신을 던지는 낭만적 모험의 산물이기도 하다. 그러나 그는 뭇 타자들에게 한없이 따뜻한 언어를 주면서 자신을 향해서는 견결한 성찰의 언어를 주는 훈훈한 견인주의자이기도 하다. 이러한 서정적 복합성이 그의 시편으로 하여금 삶을 이끌어가는 구심력으로 나아가게 하기도 하고, 우리로 하여금 척박한 현실을 벗어나 향원익청 香遠益淸의 상상적 세계로 들어서게 하기도 한다.

　　오랜 세월
　　그냥
　　슬기 엄마로 살았다.

　　어쩌다 병원에서
　　이름을 부를 때면

　　빨갛게
　　얼굴 붉히는
　　아내는 소녀였다.
　　　－「잃어버린 이름」 전문

　아내는 오랜 세월 자신의 이름으로 불리지 않고 "슬기

엄마"로만 호명되었다. 그 잃어버린 이름을 불러준 곳은 엉뚱하게도 '병원'이었다. 아내는 이름이 불릴 때면 어김 없이 "빨갛게/ 얼굴 붉히는" 소녀였다. '잃어버린 이름' 을 찾아준 순간을 통해 타자에게 따뜻한 이름을 주고 스 스로에게도 성찰의 시간을 가지는 시인의 품이 따스하고 깊게 전해져 온다. 그때 붉게 물든 아내의 얼굴은 "행간 속 번진 웃음"(「동창 모임」)과 같은 것이었을지도 모른다.

산은 어디에 있어도
어머니가 되었다.

높이 있거나 낮아도
마음 마구 뒤흔드는

지는 해
바라만 봐도
그냥 눈물 나듯
―「산은 어머니다」 전문

지문 없는 손끝으로 뿌려 놓은 씨앗들이 웃자란 잡초

사이 쌍떡잎을 펴고 있다.

　여름날 눈물로 보는 어머니의 마른 땅

　－「텃밭」전문

　이번에는 '어머니'라는 형상을 노래한 작품들이다. 먼저 시인은 '산'에서 '어머니'의 편재적遍在的 형상을 바라본다. 그야말로 높거나 낮거나 '산'은 우리의 마음을 흔들고 그쪽으로 지는 해처럼 "바라만 봐도/ 그냥 눈물 나듯" 하는 '어머니'의 모습을 품고 있다. 그런가 하면 시인은 '텃밭'이라는 공간에서도 '어머니'를 발견한다. "여름날 눈물로 보는 어머니의 마른 땅"이기 때문이다. 그곳에 대한 기억은 어머니가 지문이 사라진 손끝으로 씨앗을 뿌리시고 그것이 하나씩 웃자란 잡초 사이로 잎을 펴고 있는 장면을 향한다. 어머니의 순결한 존재와 노동이 '산'과 '텃밭'을 통해 그리움으로 피어나는 순간이 아닐 수 없다. "간절한/ 손끝에만/ 늘 피었다 지는/ 꽃"(「화첩 속의 꽃」)처럼 말이다.

　근원적으로 서정시는 회감과 깨달음을 통해 우리가 잃어버린 것들에 대한 인지적이고 정의적인 충격을 서늘하게 선사한다. 물론 이러한 과정으로 서정시의 존재론을

111

모두 설명할 수 있는 것은 아니다. 왜냐하면 우리 시대에 쓰이는 서정시는 '아이러니'에 기반을 둔 채 파격과 균열을 도모하는 데까지 미치고 있고, 심지어는 '무의미시'나 '절대시'처럼 의미론을 지워나가려는 기획에까지도 영토를 넓히고 있기 때문이다. 그러나 우리의 유일 정형시인 '시조'는 이러한 흐름과 날카로운 긴장을 형성하면서 서정의 본령을 실현해 왔다. 특별히 이한성의 단시조는 우리가 여전히 가장 중요한 서정적 경험으로서 간직하고 있는 삶에 대한 지극한 회감과 깨달음을 담고 있는 고유한 세계이다. 그것은 그러한 원리가 인간을 가장 근원적이고 궁극적인 관심으로 유도할 수 있기 때문일 것이다. 이한성 시인이 유도하고 의지하는 회감과 깨달음의 형상은 아내와 어머니를 통한 기억에서 가능해지는데, 그분들에게 따뜻한 이름을 주고 기억을 헌사하는 시인의 창작 여정이 비록 가파르지만 깊고 그윽하기만 하다.

4. 진정성 있는 자기 탐구의 단호한 정신

다음으로는 이한성 시인 스스로 자신을 탐구하고 성찰

하는 이른바 자기 확인의 속성이 충일하게 들어선 장면을 살펴보도록 하자. 일찍이 서정시의 자기 탐구 성격은 매우 고유하고 각별하게 승인되어 온 바 있지만, 그것은 사물들로 시선을 한없이 확장했다가 다시 자신으로 귀환하는 일관된 특성을 지니게 마련이다. 이한성의 단시조는 진정성 있는 자기 탐구의 모습과 함께 삶의 원리에 대한 사유와 감각을 아름답게 보여주는데, 그래서 우리는 그의 작품들을 통해 삶의 비애와 그것의 치유 그리고 넉넉한 긍정에 다다르게 된다. 이한성 시인이 그러한 긍정의 과정에서 불러들이는 소재는 '꽃'과 같은 생명체이기도 하고, 단단하고 고요한 사물들이기도 하다. 먼저 '꽃'을 노래한 작품들을 읽어보도록 하자.

때도 아닌 9월에 난꽃이 피어 있다.

겉옷도 입지 않고 다소곳이 고개 숙인

맨살로 향을 품는다,

휘청이는 산허리

－「무엽란無葉蘭」전문

한여름도
저승이듯
감아 버린
저 등나무

지난봄 기억들을
불러내는 미륵이다.

알알이
환생하는 꽃,

연보랏빛
종소리
－「등꽃, 종소리」전문

'무엽란'을 노래한 앞의 작품은 때아닌 9월에 핀 꽃을
두고 "겉옷도 입지 않고 다소곳이 고개 숙인// 맨살"의 존
재로 묘사하고 있다. 그 안에 품고 있는 향기로 산허리가

휘청인다고 했으니 우주의 중심에 '무엽란'의 자태가 선연하게 들어서 있는 셈이다. 뒤의 작품에서는 '등꽃'을 다루었는데, 등꽃은 한여름을 감아내면서 "지난봄 기억들을/ 불러내는 미륵"으로 호명되고 있다. "알알이/ 환생하는 꽃"이야말로 멀리서 들려오는 "연보랏빛/ 종소리"로 몸을 바꾸기도 한다. 이러한 공감각의 표현을 통해 시인은 등꽃의 은은한 속성을 보여준 것이다. 이한성 시인에게 '꽃'은 가끔씩 "별보다 더 아름다운 꽃받침"(「숫감나무」)을 보여주기도 하고, 더러 "홍매화 찍힌 하늘"(「지산동 하늘」)처럼 광활하고 그윽한 모습을 현현시켜 주기도 한다.

이와 같이 우리는 이한성의 단시조를 통해 현실에서는 불가능한 존재 전환을 꿈꾸게 된다. 일상적이고 물리적인 현실을 벗어나 전혀 다른 곳으로 상상적 이동을 하게 되는 것이다. 꽃이 피어나고 환생하는 순간 이루어지는 서정적 경험은, 자연 사물로 원심적 확장을 했다가 다시 자신에게로 돌아오는 과정을 밟는다. 이한성은 서정시의 이러한 속성 곧 타자들로의 확산과 자신으로의 회귀를 동시에 꿈꾸는 자기 탐구의 시인이다. 그래서 그에게는 삶이 구비해야 하는 단호한 정신적 태도나 자세에 대

해 노래한 시편이 많다. 이번에는 단단하고 고요한 사물
들이다.

투박해도 한없이 순박한 그 손끝으로

흙과 물과 불로 빚은 자연의 성채星彩여라.

저 혼자 스스로 숨 쉬는 생명체다, 살아 있는
－「옹기그릇」전문

언제나 아낌없이
제 한 몸 내주는 돌

어린아이 달래듯 어르고 매만지면

언제나
무딘 쇠붙이도
퍼렇게 날 세우는
－「숫돌」전문

'옹기그릇'은 투박하고 순박한 손끝으로 "흙과 물과 불로 빚은 자연의 성채"로 시인에게 다가온다. 스스로 숨을 쉬는 생명체이니 그 자체로 살아있는 존재자인 셈이다. 미학적 장인匠人의 손길이 만들어낸 생명체로서의 '옹기'가 생명을 부여받은 존재로 탈바꿈하는 과정은 이한성 시인의 상상력이 치러가는 역동적 순간일 것이다. 또한 무언가를 갈아 날을 세우는 데 쓰이는 '숫돌'은 언제나 아낌없이 제 한 몸 내주는 존재로 표상된다. 어르고 매만지면 "무딘 쇠붙이도/ 퍼렇게 날 세우는" 순간이 있다는 사실을 통해 생명을 내어주는 누군가를 연상하게끔 하는 시인의 솜씨가 각별하게 전해진다. 그렇게 '옹기/숫돌'은 생명체로 거듭나면서 한편으로는 "여울목 맑은 물에 스스로 몸 다듬는"(「탐석 2 - 평원석」) 모습을, 한편으로는 "관冠을 이고/ 어둠 속/ 먼 길을 가는"(「각刻 한 점 - 새와 사슴」) 모습을 선명하게 보여준다 할 것이다. 그렇게 이한성 단시조의 중심은 풍경과 내면의 조응을 바탕으로 하면서, 그것이 가장 궁극적인 삶의 기율과 자세가 되게 하는 정신적 견인堅忍의 속성에서 나온다. 그래서 우리는 그의 단시조 안에 과거를 향한 그리움이 있다 하더라도, 그것이 퇴영적 자기 위안에 머무르지 않고 오히려 역동적이고

생명 지향적인 에너지를 내장하고 있는 세계라고 말할
수 있을 것이다. 시인은 시간의 흐름 속에서 이루어가는
사물과 내면의 결속을 통해 감각의 구체와 정신의 가열
함이 이루는 견고하고 단호한 자기 탐구의 정신을 보여
준 것이다.

5. 타자의 경험을 안아 들이는 기억의 국량

우리가 그동안 읽고 써온 서정시는 '시간'에 대한 경험
적 재구성이라는 독자적인 양식적 속성을 지닌다. 그만
큼 서정시는 지나간 시간에 대한 내밀한 기억을 다루고,
우리는 서정시가 수행하는 기억의 원리를 따라 삶의 근
원에 대한 경험을 새삼 치른다. 그 점에서 서정시는 고백
과 관조를 주음主音으로 하는 언어를 통해 기억의 원리를
수행해 나가는 특성을 일관되게 지니고 있다고 말할 수
있을 것이다. 이한성 시인의 단시조는 따뜻한 삶의 이치
를 밀도 있게 경험하게 하면서 그 안에서 철저하게 타자
의 경험을 안아 들이는 기억으로 승화하고 있다. 그 점에
서 고백과 관조를 통해 타자의 삶을 안아 들이는 기억의

국량局量이 드넓게 펼쳐지고 있는 것이다.

엿치기하듯, 바람을 잡고
한 자락 확! 분질렀다.

구멍이 연뿌리처럼 숭숭 뚫려 있었다.

그 속을 바라본 세상
환한 봄날이었다.
–「바람구멍」전문

이번 시조집의 표제작이기도 한 이 시편은, 그 옛날 엿
치기할 때처럼 바람을 잡고는 한 자락 분지르는 상상적
행동을 수반한다. 그때 "구멍이 연뿌리처럼 숭숭 뚫려
있"음을 발견하는 과정을 담았는데, '바람구멍'의 속으로
바라본 세상은 마치 "환한 봄날"처럼 시인에게 삶의 지혜
를 선사해 준 것이다. "달무리 감싼 어둠 풀어지는 새벽
녘"(「그 짓을 훔치다」)처럼 환하게 다가오는 '바람구멍'의
오랜 적층積層은 그 자체로 "보이는 것은 보이지 않는 그
림자일 뿐"(「간 큰 도둑에게」)임을 우리에게 지극한 울림

으로 일러준다. 이한성 시조의 핵심이 그 안에 담겨있다
할 것이다.

　　구두를 보지 않고 어깨 축 선만 봐도

　　구두 굽 닳은 정도 꿰뚫어 보고 있는

　　수선공 김씨 아저씨 혜안慧眼을 사고 싶다.
　　 –「사고 싶은 눈」 전문

　　전설이
　　활자화되면
　　생명을 잃습니다.

　　입에서 입으로
　　이야기로 풀어질 때

　　무성한
　　소문만큼이나
　　생명 얻어 삽니다.

－「전설에 관하여」 전문

시인의 예지는 뭇 타자를 향해 원심적 곡선을 그리며 나아간다. 가령 어깨 축 선만 보고서도 "구두 굽 닳은 정도 꿰뚫어 보고 있는" 아저씨의 수선공으로서의 혜안을 발견하기도 하고, 활자화되기 이전 입에서 입으로 전해지는 전설을 열망하기도 한다. 그때 우리는 시인 자신도 생명의 존재자들에게 다가서려는 의지로 출렁이는 순간을 발견하게 된다. 그렇게 이한성 시인은 원심과 구심의 균형 속에서 '바람구멍'의 융통성과 소통 지향성을 이어가고 있는 것이다.

이처럼 이한성의 시조 미학은 중중重重하고 역동적이다. 우리가 그의 단시조를 통해 만나게 되는 것은 삶의 이법理法을 직관하고 해석하는 순간성이며, 소소한 인생 풍경을 통해 커다란 직관에 가닿는 과정과도 관련되는 어떤 것이다. 이때 그의 단시조는 삶의 이치를 직관적으로 포착하여 해석함으로써 새로운 형식으로 완성해 내는 데 매우 충실한 역설의 토양이 되어주고 있다. 이한성의 단시조가 수행하는 인생 해석은 이처럼 직관과 생략의 과정을 통해 시인 자신의 갈망을 담은 이채로운 세계로 다가오고 있으며, 따뜻한 삶의 이치를 밀도 있게 경험하면서 그 안에 타자의 경험을 안아 들이는 기억으로 승화하는 과정을 담고 있다 할 것이다.

6. 우리 시대의 역설적 경종

우리는 오랫동안 서정시가 가지는 촌철살인의 힘을 갈망해 왔다. 잘 짜인 언어를 통한 감동과 자각은 그만큼 인간이 지녀온 욕망의 대상이자 문화 행위의 핵심이기도 하였지 않은가. 아닌 게 아니라 함축된 언어를 통해 인류의 지혜가 오래 전승되어 온 것도 이러한 욕망이 구체적으로 반영된 실례일 것이다. 그런가 하면 우리는 언어라는 불완전한 매체를 수반하지 않는, 곧 언어 너머의 근원적 상태를 선망해 오기도 했다. 언어가 가지는 부득이한 한계 때문에 진정한 감동은 언어 너머에 존재한다는 믿음을 가졌기 때문이다. 그래서 한편에서는 언어 형식을 띠지 않는 진리 추구 방식이 추구될 수밖에 없었을 것이다. 이러한 언어예술로서의 운명을 양어깨에 짊어진 서정시는 이러한 언어의 이중적 욕망을 동시에 표상해 온

역사를 가지고 있다. 이때 서정의 가장 첨예한 적자嫡子라고 할 수 있는 '단시조'는 의미 지향과 탈脫의미 지향의 욕망을 균형 있게 아우르면서 '시적인 것'의 실질을 함축적으로 이루어온 것이다. 이한성의 단시조 미학 역시 이러한 균형적 예지에서 발원하고 또 그 세계로 바쳐지고 있다.

우리가 천천히 읽어왔듯이, 이한성의 단시조는 삶에 대한 진중한 태도를 발화하는 과정을 통해 정직성과 깊이 연루되어 가는 세계를 보여주었다. 그 점에서 자연 사물을 통한 존재론적 깨달음의 영역과 타자의 삶에 대한 애틋한 사랑은 이한성 단시조 미학의 고갱이가 되고도 남을 것이다. 적막하면서도 역동적이기 그지없는 그의 내면 풍경은 정갈하고 심미적인 눈길을 통해 존재론적 결핍을 치유하는 상상적 매개물이 되어주었으니까 말이다. 또 하나 우리가 눈여겨보아야 할 것은 이한성 단시조의 중요한 방법론적 전제가 사물에 대한 따뜻하면서도 활달한 관찰에 있다는 사실일 것이다. 시인의 주관에 의해 그 밀도와 각도가 정해진다는 점에서 관찰의 과정은 주관의 착색을 운명적으로 입게 된다. 한 편의 서정시에서 시인의 주관을 가능한 한 지운 채 사물 그 자체를 재현해 내는 것이 가능할 것 같지만 그 안에는 시인의 경험과 해석이 굴절되어 짙게 반영되어 있는 경우가 훨씬 많다. 이한성 단시조에서 시인의 시선이 중요한 까닭도 바로 여기에 있다. 우리의 관심을 사로잡는 작품들은 한결같이 이러한 시선의 다양성과 깊이와 활력이 반영된 사례들이라고 할 수 있을 것이다.

지금 우리 시대는 속도전과 소모적 열정에서 인간 본래의 사유와 감각을 회복하는 일을 현저하게 주문하고 있다. 지속적 자기 탐구와 타자에 대한 관심을 결속하는 일은 이러한 사유와 감각의 복원에 결정적인 대안이 될 것이다. 이한성 시인의 단시조는 이러한 과제를 그 특유의 엄정한 정형과 균형 감각 속에서 완성해 간 실례이다. 그 안에는 사물과의 다양한 소통을 통해 완미한 정형 미학을 이루려는 시인의 의지가 깊이 들어서 있고, 정형의 육체 안에 특유의 예술적 자의식을 불어넣으면서 동시대의 타자들에 대한 관찰과 묘사를 수행하는 과정이 펼쳐져 있기 때문이다. 우리 시조시단의 목소리를 한층 넓힌 중진 시인의 탁월한 성취라 할 것이다. 이제 우리는 이러한 따뜻한 시선과 예술적 자의식이 장광설의 언어가 범람하는 우리 시대에 확연한 역설적 경종이 되기를 소망

해 본다. 이한성 시인의 시조집 발간을 축하드리면서, 앞
으로도 그의 시조가 삶과 사물에 대한 시인만의 사유와
감각을 더욱 깊이 담아가기를 마음 깊이 희원해 본다.

이한성

전남 장흥 용산 출생. 장흥중, 조대부고를 거쳐 조선대학교 사범대학 국어
교육과를 졸업했다. 1972년 대학교 2학년 재학 중 《월간문학》 신인상 당선
과 동년 《시조문학》 추천완료로 시단에 등단했다. 1974년 유신 체제를 거부
했던 자유실천문인협회에 참여, '문학인 101인 선언'에 서명한 뒤 원조 블랙
리스트에 올라 경찰서 정보과의 뒷조사를 오래 당했다. 중앙일보 중앙시조
대상, 가람시조문학상, 광주광역시 문화예술상(정소파문학상), 광주문학상
등을 수상했으며, 광주시인협회 초대 사무국장과 광주·전남시조시인협회
회장을 역임했다. 학다리중·고, 조대여고, 광주 송원중·고, 송원여상고에서
교편을 잡았다. 시집으로 『바람구멍』 『전각』 『가을 적벽』 『볏짚, 죽어서도
산다』 『작은 것이 아름답다』 『뼈만 남은 꿈 하나』 『신을 끄는 보름달』 『과
정』 등이 있다.

lhs5264869@hanmail.net

바람구멍

—

초판 1쇄 2020년 12월 23일
지은이 이한성
펴낸이 김영재
펴낸곳 책만드는집

—

주소 서울 마포구 양화로 3길 99, 4층 (04022)
전화 3142-1585·6
팩스 336-8908
전자우편 chaekjip@naver.com
출판등록 1994년 1월 13일 제10-927호
ⓒ 이한성, 2020

* 이 책의 판권은 저작권자와 책만드는집에 있습니다.
  이 책 내용의 전부 또는 일부를 재사용하려면 양측의 동의를 받아야 합니다.

—

ISBN 978-89-7944-749-1 (04810)
ISBN 978-89-7944-513-8 (세트)